장단 없어도
우린 광대처럼
춤을 추었다

장단 없어도
우린 광대처럼
춤을 추었다

김성덕
노충진
박두리
박태순
안병채
안준식
양추자
하인식
허 찬

김성리 엮음
◆
성심원 노(老)시인들이 들려주는 삶과 시

알렙

인생을 '고해(苦海)'라 했던가요.

그 거센 풍파와 싸워

'고통의 바다'를 건너면

'잔잔한 호수' 같은 평화가 찾아오고

'하느님 나라'라는 항구에 이르게 되겠지요.

우리 성심원 어르신들의

인생 여정을 그 일부나마 엿볼 수 있는

시구들을 통해

그 마지막 여정에 와 있는

아름다운 인생들을 바라봅니다.

참으로 아름답습니다.

참으로 대단하십니다.

참으로 훌륭하십니다.

참으로 복되십니다.

참으로 고맙습니다.

죽음까지 이르는 수난 고통을
사랑으로 감수 인내하시어
부활의 영광과 기쁨을 누리시는
우리 주님처럼,
우리 어르신들도
부활의 기쁨으로 늘 충만하시기를
기도합니다.
그 희망을 우리 모두에게
잔잔히 나누어주시는 어르신들께
감사드립니다.
고맙습니다.
그리고 사랑합니다.

성심원/성심인애원장

오상선(바오로) 신부

목차

일러두기

1. 이 책에 수록한 시는 시인들의 구술이나 수기로 적은 것을 정리자(김성리)
가 타이핑한 후, 시인들의 확인을 거쳐 텍스트로 확정된 것입니다.

2. 각 장의 서두에는 시인들의 '자서(自序)'를 실었습니다. 이 역시 시인들
의 구술을 옮겨 적은 것입니다. 구술문의 경우, 가독성을 고려하여 사투리나
사전에 등재되지 않은 어휘는 가급적 현대어 맞춤법에 맞게 고쳤습니다.

3. 시에서는 시인들의 원래 시어들을 살려 표기하였지만, 맞춤법과 띄어쓰
기는 현대어 맞춤법에 맞게 고쳐 적었습니다.

4. 시집에 수록된 시의 순서는 시인들의 성명 가나다순입니다.

김성덕

「나의 반쪽을 찾던 날」외

성심원 앞으로는 '경호강'이 흐른다. 1972년 다리가 놓여지기 전까지 이 철선은 육지
안의 섬인 성심원과 세상을 이어주는 유일한 소통 수단이었다. 그 시절을 추억하며 지
금은 '꿀밤나무' 그늘 밑에 바윗돌을 베개 삼아 누워 있다.

나의 아내에게

나의 반쪽인 아내를 처음 만난 곳은 소록도입니다. 나자로에서 소록도로 손을 교정하기 위해서 총각 한 명, 처녀 한 명, 아주머니 한 명, 이렇게 세 명이 왔었는데, 그 세 사람 중의 처녀가 지금의 제 아내입니다. 나는 그때 소록도 병원의 의료부 사무과에서 일하고 있었습니다. 거기에서 근무하다 보면 나자로 같은 외지에서 오는 사람들을 만날 기회가 많았습니다. 그 처녀에게 소록도에 사는 총각 서너 명을 소개했는데 다 싫다고 하기에 안면에 대고 "그럼 나는 어떻소? 나에게 시집오시오." 하고 들이밀었더니 좋다고 말하지 않았지만 싫다고도 말하지 않았습니다.

그 후부터 1년을 소록도에서 지내다가 아내는 나자로로 돌아갔습니다. 그리고 2년 동안 우리는 나자로와 소록도를 오가는 연애편지를 주고받으며 교제했습니다. 나는 소록도에서 아내는 나자로에서 매주 일요일 오후 2시에 편지를 써서 붙이면 목요일에 같이 편지를 받았습니다. 우리들의 몸은 비록 떨어져 있어도 언제나 같은 날 같은 시각에 편지를 쓰고 역시 같은 날에 편지를 받으며 사랑을 키워갔습니다.

나는 열일곱 살이 되던 1963년부터 삼 년간 성심원에 있었습니다. 아버지가 700원과 함께 나를 성심원에 남겨 놓고 가셨습니다. 그때 성심원에 계시던 신부님께서 '젊은 사람은 배워야 한다'라는 말씀을 늘 하셨습니다. 성심원에는 학생 열대여섯 명과 교장 선생님, 교사 두 분이 함께 공부하던 성심국민학교가 있었고 중학교는 없었습니다. 소록도에는 녹산중학교가 있었는데 그곳에서 입학원서 두 장이 왔습니다. 늦은 나이였지만 초등학교를 졸업하자 두 장의 원서 중 한 장이 나에게 주어졌고, 시험을 거쳐 소록도의 녹산중학교에 입학했습니다.

1966년도에 중학교에 입학했지만 늘 배가 고프고 힘들었습니다. 성심원에 계시던 신부님께서 어렵게 매달 1인당 학과금으로 300원씩을 보내주셨지만, 그 돈으로는 공부하면서 배부르게 먹을 수 없었습니다. 그나마도 신부님께서 본국인 이태리로 가시면서 끊어졌고, 후원금이 없어지니 같이 갔던 한 명은 공부를 포기하고 돌아갔습니다. 하지만 나는 혼자 버티며 중학교를 졸업했습니다. 정말 배는 너무나 고프고 얼마나 힘들었는지 말로 표현할 수 없습니다.

　그 어려움을 버티며 중학교를 졸업한 덕에 의료부 사무과에서 일을 하게 되었고, 마침 아내와 함께 온 아주머니가 예전에 성심원에서 같이 지내다 나자로로 가신 분이어서 아내를 좀 더 자주 볼 수 있었습니다. 소록도의 생활이 너무 힘들어, 2년 동안 아내로부터 온 편지를 모두 부쳐주고 문주란의 노래인 「타인」의 가사를 적고 '나는 소록도를 나간다'라는 내용의 마지막 편지를 보냈습니다. 비공식 외출을 나와서 소록도로 다시 돌아가지 않고, 몇 달 간 세상을 유랑하며 지냈습니다.

　그러다 성심원으로 돌아왔습니다. 그때가 1971년 9월입니다. 혹시나 하는 마음으로 연락했더니 아내가 성심원으로 왔습니다. 1974년 초에 두 번째 왔었는데 그때 아예 짐을 싸서 왔습니다. 스물여덟 살에 아내와 결혼했습니다. 결혼식 전날 이틀 밤낮으로 비바람이 심했습니다. 한숨도 못 자고 밤을 새웠는데, 아침이 되니 맑게 개었습니다. 빗방울이 맺혀 있는 연초록빛 잎들이 그렇게 아름다울 수 없었습니다. 양가 부모님도 다 오시고 친구들도 많이 와 주었습니다.

　콩나물 500원, 두부 300원, 멸치 200원 등 모두 만 원 정도의 결혼식 비용이 들었습니다. 부조는 보통 1인당 50원, 좀 많이 하면 100원이었는데, 그중 한 사람이 1,000원, 내 친구가 500원을 했습니다. 총액이 10,100원인가 11,000원인가 아마 그 정도였던 것 같습니다. 그 당시 수중에 10만 원이 있어서 아내의 말대로 나자로로 갔더라면 내 인생이 어떻게 바뀌었을지 모릅니다.

결혼하고 성심원에서 지내다 1978년 8월에 경호마을로 이주하면서 주택자금융자와 약간의 부채를 얻어 집도 짓고, 돼지와 닭을 키우고 살면서 희망을 가지고 꿈에 부풀었습니다. 그러다 1979년도에 돼지 파동이 왔고, 우리 가정은 빚더미에 앉았습니다. 장닭 한 마리를 팔아 새끼 돼지 한 마리와 쌀 한 말을 사던 시기였습니다. 새끼 돼지를 산에 갖다 버리기도 했습니다. 생활난으로 몸과 마음이 지쳐갈 즈음, 1980년 2월에 온몸이 으슬으슬 춥고 신경통이 오더니 그만 재발하고 말았습니다.

'아이들은 삼촌 집으로 보내고 당신은 나자로로 나는 소록도로 가자'고 했습니다. 하지만 아내는 가정을 지켰습니다. 결국 나는 같은 해 3월 5일에 대구 엠마 병원으로 후송되어 일고여덟 달 내내 투병을 했습니다. 그 사이 집과 가산, 그리고 키우던 돼지는 압류되었고, 아내는 성심원 식당에서 일하며 근근이 아이들과 끼니를 이어갔습니다. 내가 퇴원한 후에도 생활고는 오랫동안 지속되었습니다. 내가 할 수 있는 것은 기도뿐이었습니다.

너무나 무겁고 버거웠던 날들이었습니다. 너무 힘들어 복종하는 것을 배웠습니다. 고통의 시간 속에서도 나와 아이들을 지켜

주었던 내 아내에게 결혼식 때 했던 맹세를 다시 새기고자 시「銀婚式日에 부쳐서」(1999년 5월 16일)를 아내에게 바쳤습니다. 그리고 시「나의 반쪽을 찾던 날」을 기억하며 아내에게 사랑을 고백합니다. 유리알처럼 맑은 마음으로 영원히 사랑할 것입니다.

銀婚式日에 부쳐서 (1999년 5월 16일)

어제까지도 그렇게 비가 오더니만
1974년 5월 16일 목요일 오늘은 맑음.
비온 뒤에 그 연초록의 싱그러움, 계절의 여왕
성모성월 한복판에서 부부의 언약을 약속한 지도
어언 25년, 지나온 9,131일

그 세월 나에게는 힘겹고 너무나 무거운 세월이었기에
주님께 겸손히 복종하는 것을 배웠습니다.

복종은 인내를 가르쳐주었고
인내는 희망을 가져다주었습니다.

나는 이제 희망의 언덕에서 영가를 부릅니다.
내가 구하지 않은 것까지도 다 들어주셨고
온갖 것을 다 얻었으니

분에 넘치는 당신의 사랑에 감사드립니다.

이제 銀河의 강도 흘러갈 것이고
21세기 새 천년이 오면 太陽도 높이 솟을 것입니다.

내 생명 다하는 그날까지 사랑하겠노라고
25년 전에 한 그 약속 여기서 다시 한 번 갱신합니다.
劉리알처럼 맑은 마음으로
永원히 사랑하리다
子애로우신 성모님 저희들을 위하여 빌어주소서 아—멘

— 1999년 5월 16일 결혼 25주년에

나의 반쪽을 찾던 날 (1974년 5월 16일)

발가벗은 약혼자처럼 가칠하게 살아 온
내 인생에 못 잊어 아쉬워할 추억도 없다만

분수처럼 치솟는 감정은 지울 수가 없구나
사랑은 수심가처럼 무거웠는데

생애에 굵직한 매듭이 지던 날
스물여덟 개 촛대에 불을 붙이며
빛바랜 청춘에 미소를 지어본다

瑠리알처럼 맑은 마음으로
永원히 사랑하리다
子애로우신 성모님 저희들을 위하여 빌어주소서 아―멘

노충진

「십자봉의 전설」외

너푼너푼 춤을 추자, 성심원에서

한때는 읽고 쓰기를 참 좋아했습니다. 이제는 나이가 들어 시력이 안 좋아 그마저도 어렵습니다. 갑갑하고 답답한 심정을 글로 표현하고 싶었던 적도 많이 있었습니다. 내 마음을 내가 다잡지 못하고 사는 것이 더 없이 답답하면 술이라도 한 잔 하고 싶었고, 술이 한 잔 들어가면 불현듯 연필을 잡고 뭐라도 끄적거리고 싶었습니다.

그러할 때 썼던 시들을 이제 세상에 내보내려고 하니까 걱정이 앞서기도 합니다. 이제 살 만큼 살아보니 특별히 하고 싶은 말도 없는 것 같고, 반드시 해야 할 말도 없는 것 같습니다. 썩 잘나지 못한 나의 시가 세상에 나가서 무엇을 할 수 있을지 모르겠습니다.

성심원에는 언제나 계절이 찾아옵니다. 가고 오는 계절들 사이에서 변하지 않는 것들도 있습니다. 웅석봉도 그중의 하나이고,

지리산 어느 봉우리에 우뚝 서 있는 십자가도 변하지 않는 것들 중의 하나입니다.

시 「십자봉(十字峰)의 전설(傳說)」은 성심원 25주년에 내 생각을 시로 표현한 것입니다. 당연히 해야 할 일이었는데도 밖으로 표현하는 데에 참 오랜 시간이 걸렸습니다. 우리들에 대한 사회의 인식이 좋지 않을 때에 수도자들이 심혈을 기울여 성심원을 안착시켰습니다. 말로 일일이 다 표현할 수 없는 그분들의 수고로움이야말로 전설입니다. 신부님, 수사님, 수녀님, 은인들의 거룩한 정신은 전설이라는 말 외에는 표현할 길이 없습니다.

이제는 그분들께 감사 표현을 드려야겠다는 생각에 15~16년 전에 써 놓았다가 성심원 40주년을 맞이하여 소식지에 실었던 시입니다. 그동안 성심원을 거쳐 가신 많은 수사님, 신부님, 수녀님, 그리고 오랜 세월 동안 우리를 잊지 않고 도와주시는 은인들께 감사드립니다. 여러분들이야말로 십자봉에 서린 전설입니다.

십자봉은 지리산 웅석봉 아래에 있는 작은 봉우리입니다. 성심원 뒤로 돌아가면 십자가의 길인 14처에 이르는 작은 길이 있고, 그 길의 마지막 지점이자 웅석봉의 지류인 조그만 봉우리(십자봉)에 십자가가 있습니다. 14처 중 마지막 길입니다.

시 「우리들의 무도장(舞蹈場)」은 제1회 성심원 축제의 개막식에서 낭독한 시입니다. 그날 외부에서 약 1,000명 정도가 성심원을 찾아주었습니다. 성심원 바깥에서 한센인들은 사회인의 시선으로부터 자유롭지 못합니다. 그러나 성심원에서는 같은 처지끼리 모여 구애받지 않고 흉허물 없이 살아갑니다. 성심원에서의 생활 자체가 나에게는 마치 춤추듯이 살아가는 것처럼 보입니다. 성심원이 하나의 무도장입니다. 우리들의 삶, 우리들의 생활 자체가 하나의 무도입니다.

성심원 안에서는 우리들의 생긴 모습 그대로 건들건들 막춤을 추어도 됩니다. 바람 한 점 없어도 흔들리는 우리들의 모습일지라도 괜찮습니다. 농주 한 잔 없어도 우리는 광대처럼 춤을 추며 살아가기를 바랍니다. 이곳 성심원에서 우리는 무슨 춤을 추든 어떤 노래를 부르든 자유롭고, 비록 훼손되었지만 우리들의 품위도 지키며 살아갑니다. 이곳 성심원은 우리들의 무도장입니다.

십자봉(十字峰)의 전설(傳說)

경호강 건너서 십자봉 성심원 정상에 있고
예수 성심 성당 성심원에 있다
나환우(癩患憂), 장애우 성심원에 있고
수도자 봉사자 성심원에 있다.

질곡(桎梏)의 세월 40년 성심원에 흘러 있고
아직은 400여 나환우 성심원에 살고 있다
종소리 찬미 소리 성심원에 있고
참회(懺悔)의 기도 소리 성심원에 있다.

웅석봉 자락엔 진달래꽃 곱게 피고……
미라회 자선 온정 성심원에 곱게 피고……

주 신부 정 신부 민 신부 유 신부님!
프란치스칸 사목 영성 성심원에 담겨 있고

김디에고 이라파엘 이마르첼리노 박시메온 원장님!
님들의 바친 열기 십자봉을 감싸나니

아이야!
먼 훗날
뉘라서 묻거든
십자봉의 전설은 은인(恩人)들의 것이라고……

고향을 묻지 마오

천왕봉 세석평전 청량운무(淸凉雲霧) 휘몰아서
경호강 한 구비를 단숨에 달렸더니
숱한 사연 전설이라 웅석봉에 다가섰다.

녹수청산 경개 좋고 웅석봉도 의구한데
그 이름도 거룩할손 산자락에 성심원!
부초(浮草)의 용담수(龍潭水)요 객주의 본향(本鄕)이라.

서럽더라 천대, 멸시 그 수모(受侮)와 적개심들
집단 행패 멍든 심사(心事) 뒷동산에 묻어놓고.
하늘이 부끄러워 밤길을 택하였소!

죄명(罪名) 없는 형벌 아래 문드러진 몸과 마음
기갈(飢渴)의 문전걸식 동서로 넘나들 제!
아픈 얘기 모아 엮고 새 역사를 다시 쓴다.

오! 장한지고, 반백년 쌓인 정성

작금(昨今)에 송구홍와(送球紅瓦) 벗님들의 축복이라

고향이 어드메뇨 여기가 거긴 것을……!

어머니

눈 내린 뒷날
억새꽃 한풀 꺾여 볼품없고
솔가지 흔드는 찬바람 소리
야윈 귀뺨을 때립니다.

바람 소리 가슴 시린 골방에서
무릎 꿇고 합장하신 어머니
당신의 가난한 기도는
나를 위한 애통이었습니다.

어머님의 애통은 무언의 절규(絶叫)
병든 자식 덧난 궤양(潰瘍) 핥아내시고
어머님의 기도는 진동하는 범종(梵鐘) 소리
천상에서 울려라 그렇게 소망하셨습니다!

이젠, 어머니!

당신께서 가신 지도 쉬흔여 성상(星霜)

지금도 눈 내리는 밤이면 잠 못 이루어 하는 것은

설원보다 넓고 큰 당신 희생 때문입니다.

우리들의 무도장(舞蹈場)

반백년 한세월

성심원은 우리들의 무도장(舞蹈場)

쪼그라진 귓불

문드러진 코납작이

비뚤다 흘러내린 입술!

북장단 없이도

건들건들!

우린 함부로 막춤을 추었다

반세기 한세상!

성심원은 마당놀이 한마당

퇴락(頹落)된 두발(頭髮)

꺼져버린 안공(眼孔)

낙인찍힌 수지(手指) 오지(五指)

바람결 없이도

흔들흔들!

우린 광대처럼 춤을 추었다.

지천명(知天命) 쉬흔 성상(星霜)

성심원은 가면놀이 한마당

일그러진 미간(眉間)

앗아간 아미(蛾眉)

꺾이다 떨어져 나간 슬하(膝下)

농주(農酒) 한 잔 없이도

털썩털썩!

목발은 추임새를 넣었다.

아— 오광대 버나놀이

오광대 둘째마당 문둥이놀음

무의도식(無意徒食) 유리표박(流離漂泊)

인간사(人間事) 희로애락(喜怒哀樂)

그 훼손(毁損)된 품위도 쌓여 엉킨 울분도

탈춤으로 풀어내고 내면으로 승화시켜

너푼너푼 춤을 추자 성심원에서!

우쭐우쭐 춤을 추자 하늘을 향해!

아지랑이

꽃향내 바람에 묻어 오고
길가 풀섶에서 양서류(兩棲類) 한 마리
연못 속으로 풍덩 뛰어든다.

수면 위로 동그라미 잔잔히 퍼져 나가고
그 한복판엔 순하디순한,
양서류의 눈망울 두 개가 세상을 본다.

저 멀리 산자락 위로 아지랑이 아른거리고,
아카시아 꽃잎 사이로,
어머니 환영(幻影)이 언뜻 사라지고!

오— 어머니!
당신의 애틋한 정이 따스한 입김으로 아지랑이 되어
그렇게 모락모락 타오르고 있습니까?!

박두리

「기도」외

꽃도 피우고 씨앗도 날리고 싶습니다

내 나이 스물두 살에 성심원으로 왔습니다. 지금은 버스가 성심원 입구까지 오지만, 예전에는 경호강 너머에 내려 배를 타고 성심원으로 왔습니다. 성심원은 섬과 같았습니다. 저는 병표가 그리 많이 나지 않았지만 성심원에 산다는 그 자체만으로도 사람들 앞에 나서기가 참 어려웠습니다. 진주에 부모님과 형제가 살고 있어서 다녀올 때면 버스에서 내려야 하는 게 정말 두려웠습니다. 분명히 내 집에 내가 오는데, 왜 그리 가슴이 두근거리고 정신이 멍해졌을까요?

성심원에 오기 전에는 진주에서 살았는데, 초가집이었지요. 아버지께서 손재주가 정말 좋았습니다. 초가지붕을 이을 때면 기술이 좋은 사람이 용마루를 틀어야 하기 때문에 동네 집집마다 용마루를 틀어주다 보면 정작 자기 집은 가장 나중에 지붕을 올리

게 됩니다. 우리 집은 언제나 동네에서 가장 나중에 지붕을 얹었습니다. 우리 집의 지붕을 이을 때면 어머니께서는 평소와 다르게 쌀과 보리를 반반씩 섞어 밥을 지었습니다. 온 동네 사람들이, 어른 아이 할 것 없이 집으로 와서 일을 돕고 밥을 먹었습니다.

작은 박바가지에 밥을 담고, 감나무 이파리를 따서는 그 위에 갈치 한 토막을 얹어 주었습니다. 밥 위에 바로 갈치를 얹으면 보기 싫다고 어머니는 날더러 감잎 따오라고 하셨지요. 보리 섞인 밥 위에 초록빛이 남아 있는 붉은 감나무 이파리, 그 위에 놓인 갈치 한 토막은 그대로 예술작품이었습니다. 그날은 모두가 배부르게 먹을 수 있던 날이어서 평소에 굶주리던 아이가 갑자기 밥을 많이 먹고 배탈이 나서 울기도 했지요. 가난해도 서로를 위하는 정이 있던 그 시절이 참 그립습니다.

그렇게 지혜롭던 어머니의 손은 항상 거칠고 갈라져서 피가 맺혀 있기도 했습니다. 멘소래담 바른 손끝에는 까맣게 때가 묻은 반창고가 언제나 얹혀 있었지요. 그런 어머니의 가슴에 나는 대못을 박았습니다. 몹쓸 병에 걸린 딸을 숨기고 또 숨기던 어머니도 내 가슴에는 대못이었습니다. 나 때문에 다른 자식들 앞길 망칠까 봐 나를 숨겼었지요. 어머니는 6년 전에 83살의 나이로 떠나가셨습니다.

6개월 동안 성심원에서 진주를 오가며 어머니를 병간호했습니다. 월요일부터 금요일까지는 어머니를 돌보고 토요일과 일요일은 성심원 집에 와서 영감님을 보살폈습니다. 어머니는 나에게 말했습니다. "내가 너한테 해준 게 너무 없어서 섧게 생각했고 너도 많이 서러웠을 텐데……. 해준 게 없는 엄마에게 네가 효도를 하는구나." 이제 어머니도 가시고 영감님도 안 계십니다.

가슴이 답답하고 서러워질 때에 글을 쓴다는 것만으로도 숨을 쉴 수 있습니다. 잘 쓰든 못 쓰든 가슴에 맺힌 것을 글로 표현하면 치유가 됩니다. 내가 시를 쓸 수 있다는 사실을 알게 된 것만으로도 가슴이 벅찹니다. 성심원 뒤에 있는 성모동산에 자주 갑니다. 그 길에는 야생화가 많이 피어 있습니다. 그중에 노랗게 피는 꽃이 애기똥풀꽃입니다. 이렇게 예쁜 꽃에 왜 이름을 똥풀이라고 지었을까 생각하며 꽃잎을 따서 손에 문지르니 노랗게 묻어 나오는 것이 꼭 애기똥 같았습니다. 그 자리에서 바로 시를 지었지요.

그 작은 꽃들이 옹기종기 모여서 피어 있는 걸 보는 것만으로도 축복받았다고 생각합니다. 성심원에 봄이 오면 민들레도 꽃을 많이 피웁니다. 민들레는 애기똥풀꽃처럼 모여 있지는 않지만, 춥고 긴 겨울을 지나 얼어 있는 땅을 뚫고 올라오는 강인한 생명력을 지니고 있습니다. 꽃만 예쁜 게 아니라 꽃씨도 얼마나 예쁜지요. 우리들도 그렇게 끈기 있게 살아서 꽃도 피우고 씨앗도 날릴 수 있으면 좋겠습니다.

기도

오늘도 발바닥 혓바닥 신자는
주님 성전에 들어선다
이마에 성수를 찍고
몸과 마음을 세탁하는 경건한 마음으로
자리에 앉아
또 달라고 보챈다
마음을 다잡아 말씀 속에 젖어본다
반성문을 쓰듯이 조용히 눈을 감고
기도 속에 가는 세월 속에
마음을 실어본다
헛웃음이 나온다
이게 뭐냐고
회개한다면서
또 기도한다, 달라고
눈을 번쩍 뜨고 예수님을 바라본다

예수님은 조용히 눈길을 보낸다

똑바로 뵐 수 없어

다시 눈을 감는다

그러다가 성당을 나선다

발바닥 혓바닥 신자는 오늘도

나룻배

꿀밤나무 밑에
비스듬히 누워 있는
나룻배
무심코 지나치면
그냥 볼품없는
나룻배

어느 날 우연히
나룻배를 쳐다본다.
나에게 아는 체하며
쳐다보는 나룻배
사연도 많았지만
지금은
속이 텅 빈 채
비스듬히 누워 있네.

그 배 안에는
사연도 많았다.

연탄도 싣고 산청 장날 사서 온
갈치도 명태도
고등어도 몽당손으로 들다가 떨어뜨리면
장바구니를 배 안에
우르르 쏟으며
배 바닥에 널브러진다

온갖 사연도 많은
세월은 뒤로 하고
속이 텅 빈 채 무심히 덤덤히
강 저편과 이편을

이어주던 나룻배
마을 입구 꿀밤나무 그늘 밑에
바윗돌을 베개 삼아
떡하니 누워 있는
조그만 철판떼기 배

몇 십 년 전에는 제법
큼직한 배였을낀데
오늘 보니 작고 초라해 보이네
작아 보이는 배를
가만히 보면서
별로 그럴 듯한
세상살이도 아니건만
곰곰이
지난 세월을

떡 벌린 배 안으로 바라보며
추억 여행을
해 본다.

이 건너 뱃사공은 이름이 인제라
그 시절에는 어른도 인제 아이도 인제
좁은 강 저쪽에서
어른도 "인제야 배 가 오이라."
아이도 "인제야 배 가 오이라."
그런 버릇없는 아이 말에서도
정을 느껴 보낸 세월
연탄도 싣고 오고 쌀도 싣고 오고
갈치 명태 고등어
성치도 않은 몸으로 산청 장에서
장 쪼래기에 담아 오고 가던

세월을 내 안에 실어 추억에 잠겨 본다.

지금은 다리 위를
밤이나 낮이나
마음대로
자유롭지만 그 시절은
배만이 통로였음을
쪽배와 대화를 해 본다
홍수가 나면 방송에서
외친다 배 건지러 나오라고

그때는 소중했던 그 배가
이제는
추억 속에 세월 속에
사라지려 하나 보다.

초가지붕

어릴 적 옹기종기
여남은 초가집
가을 된서리가 내릴 무렵에는
집집마다 지붕을 새로 얹는다.
짚으로 엮어 얹는다.
온 동네 잔치를 하는 양
아이 어른 할 것 없이 일을 거든다.
아버지들이 짚을 엮어 지붕을
덮을 때 거의 다 되어갈 무렵이면
엄마들은
이날은 특별히 보리쌀 조금 섞은 쌀밥을 박바가지에 퍼 담고
설 김치 똥물 준 배추는
생것은 채독 있을까 무서워
살짝 익힌 배추김치
바가지 위에 감이파리 한 잎 깔고

가을 갈치 한 토막을 얹어
어른도 한 토막
아이도 한 토막
그 시절이 정말 그립다.
정말 맛있는 갈치 한 토막과 배추김치,
다 이은 지붕처마를 계집아이
단발머리처럼 가지런히
잘라서 정리하고 마당을
빗자루로 싹싹 쓸어
정리하면 어릴 적 그 초가지붕
갈치 한 토막 박바가지의 쌀밥
정말 그립다, 정이 그립다.

엄마와 멘소래담

어릴 적 우리 엄마
40대의 울 엄마는 왜 손끝이
겨울만 되면 쩍쩍 갈라지는지
암만 생각해도 이해되지 않았네.
먹는 게 신통찮아 양분이 부족했던지
쩍쩍 갈라진 손끝에 멘소래담을 바르고
쓰라린 손끝에
반창고 한 조각 붙이고 새벽바람에
자식들 키우느라 진주 버스 타고
삼천포로 나선다.
"엄마는 추운데 왜 새벽에 가노?" 하면
"가순아야, 삼천포 가서 파래를 사서 쩍쩍 갈라져 쓰라린 손으
로 조금씩 꼭꼭 뭉티를 만들어 팔면 이문이 남는단다."
  멘소래담, 지금은 좋은 크림도 있건만

그 시절 멘소래담은 엄마의 필수품이기에

"엄마" 하면 멘소래담이 생각난다.

엄마는 가시고

멘소래담, 지금은 어떤 모습으로 변했을까.

성심원

40년 전에는
찻길이 울퉁불퉁 덜컹덜컹
진주에서 이곳까지 오는 길
온갖 생각이 머리를 들쑤신다.

내 사는 곳, 지금은
"성심원 내립니다."
눈치 보지 않고 말한다.

그러나 그 옛날에는
내가 사는 아니 우리가 모여 사는
이곳이 가까우면 가까울수록
가슴이 방망이질을 한다.

차를 세우기는 해야 하는데
이제 내려야 하는데
어디쯤이 좋을까
성심원이 보이는 곳까지 가서 말할까
아니 더 멀찍이 보이지 않는
마을에 세울까 온갖 잡생각에
정신이 멍해지는 동안
차는 내 사는 곳 앞까지 왔다.

용기를 내어 모깃소리로
"아저씨 내립니데이."
차 안의 사람들이 나를 본다
뒤통수는 불을 때는 것처럼 화끈거린다.
차에서 튕기듯이 내려 배 타고 들어오던

정말 서글펐던 시절이었건만

세월이 약이라던가

이제는 유유상종 동병상련의 같은 처지끼리

웃음인지 울음인지 떠들곤 한다.

애기똥풀꽃

성모동산 가는 길에는
애기똥풀이 지천이다.
야생으로 피는 꽃이건만
어우러져 있으니
예쁘다.
때마침 살랑이는 바람이
살살 건드리면
배실배실 웃으며
고개를 쳐든다.
이 예쁜 꽃이 애기똥풀이라네.
꽃잎을 따서 손으로 살살
비벼보면 갓난애기 똥처럼
노리끼리한 꽃물이 손에 물든다.
그래서
애기똥풀이란다.

민들레

밭에 나는 잡초 중에
민들레도 있다.
예쁜 꽃이지만 곡식 속에
있으면
잡초다, 유심히 지켜본다.
봄 여름 가을 겨울,
겨울에도 봄을 준비한다.

모진 비바람에도
발에 밟혀도

노오란 꽃봉오리가
쏙 올라온다.
곡식 속에
섞여 해코지한다고

뽑아버려도
그 작은 하얀 꽃씨를
어디 꼭꼭 숨겨두었다가
끈질기게 생명을
유지한다.

*

거창하지만 인생에 비교해 본다. 민들레처럼 끈기 있게 살아보
면 어떨까.

박태순

「무제」외

故 박태순 님에게 바쳐

1957년 12월 19일	출생.
1995년 10월경	성심원 입사(전기기술직).
2000년 12월경	성심원 퇴사.
2001년 1월	양돈업 시작(경호마을).
2002년	성심원 재입사(차량 운전직).
2003년	성심원 퇴사 후 성심원에서 봉사.
	(성심원의 의료 차량 운전)
2004년 5월	의료 차량 봉사 종료.
2014년 7월 7일	영면.

故 박태순 님은 1995년 성심원에 입사하며 성심원에 계시는 어르신들과 인연을 맺었습니다. 이후 섬심원을 정식으로 퇴사하였지만, 어르신들 곁을 떠나지 않고 2014년 7월 영면하시기 2개월 전까지도 의료차 운전 봉사를 했습니다. 비록 한센인은 아니었지만, 故 박태순 님의 몸과 마음은 성심원을 떠나지 않았고 생의 마지막 두 달은 한센 어르신들과 함께 성심원 내 요양사에 머물렀습니다.

故 박태순 님은 시상이 떠오를 때마다 시를 썼는데, 곁에 종이가 없으면 마치 화가 이중섭처럼 담뱃갑에 들어 있는 은박지를 벗겨 시를 써서 구겨 버리고는 했습니다. 많은 시를 쓴 것으로 추정하지만, 현재 명확하게 그분의 시로 인정할 수 있는 것은 시집에 실리는 세 편의 시입니다.

이 세 편의 시는 임종하시기 며칠 전부터 병문안을 간 친구에게 병상에 누워 힘없는 손으로 한 편 한 편 써서 건네졌고, 시를 받은 친구가 시 모임에 전달하면서 세상에 모습을 드러내었습니다. 이제 박태순 님은 우리들 곁에 없지만, 그분의 마음과 한센인을 향한 사랑은 세 편의 시로 영원히 성심원에 머무르게 될 것입니다.

위 故 박태순 님의 약력은 성심원에 계시는 하인식 씨와 경호마을에서 살고 계시는 이상구 씨의 이야기를 토대로 김성리가 썼습니다.

無題 1

─그대 함께 있음에 외롭지 않고 행복하였습니다.─

그날, 청산은 화려한 자태로 아쉬운 작별을
아름다운 결실로 가는 곳마다 가득할 것입니다.

그대 함께 있음에 외롭지 않고 행복하였습니다.
그리고 "사랑합니다"라는 말 꼭 전합니다.

그날에는 모든 것에서 자유로움을 감사하며
평화를 노래합니다.

낙엽들이 바람에 날리어 어느 골짜기에
머무는 것처럼, 내 마음 가는 곳이 어데라도
좋을 듯합니다.

청산은 말하거늘 우리는 알지 못하고
언제나 그러하듯이 오늘도 침묵 속으로
밤이슬을 맞이합니다.

無題 2

겨울의 추억과 봄의 향기 가득한 계절에는
무엇인지 모르는 그리움이 아득합니다.

세월이 가고 오는 만큼 그리움도 깊어
이제는 돌아갈 때가 가까이 있음을 기억해야 할 시간입니다.

나는 어디쯤 가고 있을까를 생각해야 할 시간입니다.
그리고 지키고 있는 것들에게 자유를 허락할 시간입니다.

머나먼 길 지친 몸과 마음이 숙연해지는 지금
다시 가라면 갈 수 없는 욕망의 끝자락에서

사랑과 추억, 외로움과 쓸쓸함, 높고 낮음, 옳고 그름,
낮과 밤이 무뎌지는 시간입니다.

오늘도 나는

모든 것에서 자유로워지기를 기다립니다.

無題 3

나를 참 인의로 살게 하시며
나의 가족과 형제를 그리고 친구를 사랑하며
나의 잘못이 이웃에게 짐이 되지 않게 하시며
함께 하는 이들에게 신뢰를 잃지 않도록
언제나 깨어 있게 하소서

새 생명을 축복하시며
죽은 모든 이의 영혼을 돌아보시며
자연의 순리를 따라 적응할 수 있도록
지혜를 주시며 감사함을 알게 하소서

안병채

「황혼 길」외

슬퍼하는 사람은 행복합니다

나는 좀 왈가닥이었습니다. 마산고등보통학교를 다녔는데, 치마를 입고도 얌전히 걷지 않고 폴짝거리며 걷다가 동네 어르신에게 꾸지람도 많이 들었습니다. 일제 시대에 딸로 태어난 사람들은 고등학교에 갈 엄두도 못 내던 시절이었지만, 우리 아버지는 여자도 배워야 한다고 마산에 있는 고등학교에 보내주셨습니다. 집안 어른을 만나면 일본인 학교에 다닌다고 호통을 치셔서 그분을 피해 몰래 대밭으로 다니던 기억이 생생합니다.

고향이 김해 진례였는데, 차종손이셨던 우리 아버지는 동네에서 덕망이 높으신 분이셨습니다. 내가 몹쓸 병에 걸려 아이 하나는 업고 하나는 걸리고 친정으로 가서 살 수 있었던 것도 아버지의 덕망이 높았기 때문입니다. 차종가였던 친정은 1년에 기제사 11번과 명절 2번 등 제사상을 13번 차려야 하는 집안이었습니다.

우리 집은 5대조 조부가 내어준 집으로 기둥이 네모였습니다. 대 밭이 집에 붙어 있었고, 마당에는 큰 앵두나무가 있었지요.

1946년 1월, 내 나이 스무 살에 '형제 토건상'을 운영하던 신랑을 만나 결혼하여 1남 1녀를 두었습니다. 지금도 기억합니다. 부산시 충무동 4가 7번지, 소방서 쪽에서 오면 두 번째 집, 시장 쪽에서 오면 세 번째 집이었습니다. 그 집에서 만 3년 살았습니다. 남편은 나를 참 좋아해 주었고, 시댁에서도 사랑해 주었습니다. 스물두 살에 딸을 낳고 스물네 살에 아들을 낳았습니다. 세상에 부러울 것이 없는 시간이었습니다.

아들을 낳고 얼마 있지 않아서 무단히 심한 설사가 오래 계속되면서 살이 심하게 빠지고 나중에는 눈이 돌아갈 정도로 건강이 악화되었습니다. 동네에서는 눈이 돌아가는 것은 나병이라고 수군거렸고, 나는 말할 수 없는 불안에 떨었습니다. 그때 신문 광고에 문둥병 전문이라는 글과 함께 '혜준 약원'이라는 병원의 광고가 실려 있는 걸 내가 보았습니다. 그 병원은 초량기계고등학교 앞에 있었습니다.

남편과 함께 찾아가니 안은 어두컴컴하고 더러웠습니다. 해어지고 먼지가 펄펄 나는 소파에 앉으라고 해서 기분이 나쁘고 께름칙했지만 몸만 예전처럼 좋아진다면 그게 뭐 그리 중요하겠습니까? 손을 벌벌 떠는 늙은 의사가 내 팔의 관절을 이리저리 구

부려 보더니 병명을 정확하게 말하지 않고 '그 병이 맞다'고 하면서 녹두알 같은 약이 들어 있는 약병을 한 개 주었습니다. 그 당시 돈으로 30,000원을 달라고 해서 줬는데, 엄청 큰돈이었습니다. 그 약을 하루 3알을 복용하면서 돼지고기와 닭고기를 매일 먹으면 낫는다고 했습니다.

의사가 시키는 대로 약을 먹으면서 친정에 연락해 풀어놓고 키우는 닭을 40~50마리 정도 고아 먹었습니다. 그렇게 먹자 얼굴에 뭐가 불긋불긋 나기 시작하고, 남편은 태도를 달리하여 아이를 두고 나가라고 했습니다. 잘못된 치료 방법이 오히려 병의 진행을 더 악화시킨 것이었습니다. 남편의 성화에 못 이겨 집을 나올 때, 아이들을 두고 오면 어떻게 자라게 될지 불안해서 업고 걸리고 하여 친정으로 갔습니다.

내 처지를 알게 된 부모님은 목을 놓아 통곡했습니다. 그래도 못난 딸을 내치지 않으시고 별당 깊은 곳에 앉혀 놓고 좋다는 약과 음식은 다 해주셨지요. 친정에 가서 스스로 가족과 격리하여 살았습니다. 어린 아들은 사랑채에서 외조부와 기거하고, 딸은 안채 작은방에서 이모와 생활했습니다. 옷, 그릇 등 내가 사용하던 것은 먼저 끓여서 소독한 후에 다른 사람의 물건과 닿도록 했습니다. 가족에게 병이 옮으면 더 이상 견딜 수 없을 것 같았기 때문입니다.

젖먹이 아들은 병이 옮을까 불안해서 젖을 못 먹이고 누룽지를 끓여 먹였는데 신통하게 잘 커 주었습니다. 아이들을 내 방에 들어오지 못하게 했는데, 같은 집에 살면서, 지척에 어미를 두고 다가오지도 못하고 안기지도 못하는 아이들은 가슴에 한이 맺혔을 겁니다. 내 가슴에는 피멍이 들었습니다. 아들은 세 살쯤부터는 아침에 눈만 뜨면 엄마한테 가자고 할아버지를 졸라서 나한테 오는데, 내가 워낙 엄하게 못 들어오게 하니 지는 마당에 섰고 나는 방안에 앉아서 서로 바라봤습니다.

어린 것이 외할아버지 손을 꼭 잡고 이렇게 말했습니다. "엄마, 밥 많이 먹어. 많이 먹어서 빨리 나아." 그러면서 애달픈 눈으로 나를 바라봅니다. 한참을 보다가 외할아버지 손에 이끌려 가면 내 애가 다 끊어졌습니다. 뛰어 나가서 안고 싶고 업어주고 싶고, 참으로 견디기 어려운 나날이었습니다. 비라도 오는 날이면 에미 품이 그리워서 "할배, 비 온다. 보듬어 도. 엄마한테 가자." 그러면서 보채던 소리가 지금도 귓가에 생생하게 들립니다.

그리 애달프던 아이들도 자라서 할아버지 할머니가 되었습니다. 내 나이는 벌써 아흔 살이 되었습니다. 성심원에 올 때, 아들과 며느리는 자식 두고 어디 가느냐고 성화였지만, 그리 힘들게 살아온 내 자식들에게 짐이 될 수는 없었습니다. 성심원에 왔을 당시에는 같은 한센인을 보는 게 너무 괴로웠습니다. 그들의 얼굴이 내 얼굴이고 바싹 말라 늙어가는 그들의 모습이 내 모습이었으니까요.

하지만 이제 여기가 내 집입니다. 요새 내 낙은 미사에 가서 아이들과 손자, 증손자들을 위해 기도하는 것입니다. 가끔씩 아이들 이름이 생각 안 날 때가 있어서 황망하기도 하지만 아무 걱정 하지 않습니다. 멀리 갈 때 하느님이 데려가 주실 거라고 믿기에 걱정하지 않습니다. 이제 죽을 때가 다 됐습니다. 가야 할 그 길이 「황혼 길」입니다. 평생 살아온 길을 이제 그만 걸을 때가 된 것 같습니다.

「성심원에 오는 날」은 김마리아 씨가 조카 질부를 난생 처음 만나 부둥켜안고 우는 모습을 보고 불현듯 그 옛날 내가 성심원에 오던 그날이 생각나서 썼습니다. 서로 만난 적이 없던 친척이 성심원에서 만났다는 건 축복일지 슬픔일지 모르겠지만, 그날 두 사람은 외로운 이곳에서 친지 만난 기쁨으로 울었습니다. 그 모습을 보며 달력을 찢어 글자도 이리저리 적어 놨는데, 내가 숨기는 것을 직원이 보고 가져가서 성심원 회보에 실리는 바람에 오늘까지 잘 보존되었습니다.

황혼 길

붉게 물든 석양 빛 저 멀리
진종일 시달린 몸 이끌고
걸어온 나그네의 무리
하얀 머리카락 나부끼며
고단하고 지친 몸이 힘겨워 의논들 한다
우리 모두 쉬었다 가요
노을 빛 곱게 물든 화원에 앉아
길 잃고 헤매는 새소리도 들으며
실컷 쉬어 피로 풀릴 때, 귀 기울여
저 찬란한 소리 들어봐요
언제나 돌아오길 애타게 기다리시는
어머니의 부르시는 저 소리에
가슴을 열어봐요
지난 세월에 접어둔 한 맺힌 사연일랑
바람결에 실어 보내고

옥천옥수 맑은 물 성혈에 몸을 담그어

세상에서 받은 상처의 찌든 때를

말끔히 씻어 버리고

영원복락 누리는 내 본향으로

거룩하고 향기로운 주님 성혈 모시고

맛깔진 음식 찾아 먹으며

사뿐사뿐 걸어가요

바른 길로 노을 빛 곱게 물든

융단 깔린 황혼의 길로……

성심원에 오는 날

1985년 5월 4일, 많이도 울고 탄식도 했답니다. 남 날 때 나도 났건만 무슨 죄가 이리 많아 부모, 자식, 동기, 친지 다 버리고 듣기도 지긋지긋한 요양원 세상에서 아무짝에도 못 쓸 병신들이 모인 이곳에서 나도 그 가운데 함께 살아야 하는 신세가 되었단 말인가? 분하고 서러운 마음 하염없이 흐르는 눈물 하소연할 곳 없고, 아무도 모르게 꾸리는 짐과 마음정리 서러워라. 서러워라.

무엇이 모자라고 어디가 부족해서 이렇게도 서러운고…… 탄식이 절로 난다. 병도 병도 더러운 병, 원수인 이놈의 나병. 이놈의 병은 무슨 병이건데 효정(效情)도 도덕도 예의도 다 끊어야 하나?

조석으로 봐도 지루하지 않은 골육애정 버려두고, 나 혼자 외롭게도 도망하다시피 피해 가야만 해야 되나?
누가 날 멸시했으며, 누가 날 나가라도 했던가?
스스로 뉘우쳐 피해 가는 신세.

아무리 서러워하고 땅을 치며 통곡해도 끝없는 하소연.

하염없이 울어 봐도 면한 길 없는 신세, 효자 효부 버려두고, 어느 누구를 따라가나 찬시를 하다가도 생각하니 무도한 요즘 세상에 성한 부모도 버리는데, 나 같은 병든 어미 어느 자식 좋아할까?

아서라. 피해 주자. 좋을 때 내가 피해 주자.

저희들이나 살게 하자. 단념하고 맹세도 했건만 효자 효부 아들 내외 같이 살자 하던 말이 자꾸만 생각나서, 더욱 서러워 못 살겠네.

분하고 서러워라. 박 회장님께 부탁하여, 이곳 성심원에 도착하여 이제는 다 잊고, 이곳 분들과 적응하자 다짐하고 결심해도 자꾸만 서럽고 서글픈 마음, 어디 가서 하소연하며 어느 누구 알아줄까? 알아준들 무엇 하나?

천주님께 의지하자. 모든 근심 걱정은 우리 주님 십자가 밑에

다 내려놓고. 이곳 분들과 동기친지로 맺은 것을 낙을 삼고, 이 목숨 다할 때까지 맹세도 했건만 그래도 서러운 마음 언제나 고쳐질꼬?

오늘도 어제같이 이 날이나 저 날이나 만나는 사람마다 비참하기 짝이 없구나.
성당에 들어가서 십자가 밑에 서서 하염없이 울다가 문득 우리 주님 내 곁에 계셔 내 손 잡고 위로하시는 듯 "다 버리고 나와 살자"

다 버리고, 번쩍 정신 차려 다시금 생각하니 그러합니다. 그렇습니다. 주님 나도 모르게 미소 지어 다시는 울지 않으리라. 주님 의지하며 굳게 살리라. 생각하니 영세한 지 언제던고, 1963년, 30여 년 긴 세월에 무엇을 바라보고 어디로 향했던고, 슬픔도 분함도 외로움도 기쁨으로 바꾸어준 이곳 성심원.

예수님 감사합니다.

"슬퍼하는 사람은 행복하다.
그들은 위로를 받을 것이다.(마태 5:4)"

이 말씀을 나에게 주셔서 감사합니다.

안준식

「고향 생각」외

세상은 인간을 버리지 않았습니다

1946년 정월 12일에 태어난 이래 시를 본 적도 없고 쓴 적도 없었습니다. 내 맘대로 내 생각이 가는 대로 그냥 써봤습니다. '단어들이 안 어울려도 할 수 없고 어울리면 좋고' 하는 심정으로 고민고민하면서 썼습니다. 하고 싶은 말도 있고 떠오르는 생각도 있는데 표현할 단어를 찾을 수 없어서 기가 찰 때도 자주 있습니다. 마음으로는 짜안 하고 뭔가 떠오르는데 표현을 못해서 시를 못 쓰고 있다가 겨우 두 편 끄적거렸는데, 이것도 시라고 시집에 낸답니다.

초등학교 문 앞에도 못 갔습니다. 집이 너무 가난해서 갈 수 없었기도 하고, 부모님도 '가' 자조차 모르시니 아들을 학교에 보낼 생각 자체가 없었습니다. 어릴 때 동네에 살던 선비에게서 천자책(한문)을 잠시 배웠습니다. 내가 하도 학교에 가고 싶어 하니까

아버지가 학교 대신 보내주었습니다. 그 천자책은 한자 밑에 국문이 있는 책이어서 한 살 적은 친구에게 한글을 배우면서 글자를 익혔습니다.

한 동네에서 같이 놀던 친구들이 학교에 갈 때에, 나는 아버지를 따라 다니면서 일을 했습니다. 학교에 너무 가고 싶었지만 무섭고 겁이 나서 말도 못했습니다. 그래도 어릴 때에는 공부에 취미가 있어서 아버지 몰래 학교 가는 친구들 뒤를 따라 가기도 했습니다. 열한 살 때(호적 나이는 여덟 살입니다) 슬쩍 끼어 간 그날, 화장실 사용 방법을 가르쳐주었습니다. 모르는 척하고는 선생님과 상급생이 시키는 대로 했는데 참 재미있었습니다.

그렇게 열다섯 살이 될 때까지 어깨너머로 글자를 익혔습니다. 『장화홍련』 『심청전』 같은 헌책들을 사다가 읽으면서 한글은 겨우 깨쳤지만 쓰기는 여전히 어렵습니다. 40~50대가 되자 공부 못한 게 한이 맺히기도 했습니다. 내가 이 몹쓸 병에 걸린 게 아마 열여섯 살 때였지 싶습니다. 화장실에서 옷을 올리는데 엉덩이 부근에 좁쌀만 한 게 있어서 살짝 짰는데 진물이 나오더니 그게 시작이었습니다.

그래도 병인지 모르고 스물세 살까지 집에서 농사일을 했습니다. 참 고달프기도 했고 농사일이 너무 싫어서 설에 씨나락 한 가마를 훔쳐서 방앗간 하는 앞집에 담 너머로 넘기고 오천 원인가

육천 원인가 받아서 서울로 갔습니다. 서울 서소문동 일식집에서 2년 정도 일했는데 몸이 자꾸 처지고 잠이 와서 고생이 많았습니다. 지금 생각하면 이 병 때문이었지 싶습니다.

먼저 식당에 취직하고 있던 고향 친구에게 군 입대를 위한 신체검사 통지서가 와서 나도 혹시나 하는 마음으로 고향집에 돌아왔습니다. 신체검사에 4번 떨어지면서 발병을 확인했고, 용하다는 한의원을 찾아다니면서 약도 먹고 침도 맞았습니다. 신체검사를 하던 사람이나 한의원에서 차라리 한센병이라고 똑바로 말해 줬으면 안동 성좌원으로 가서 바로 치료를 받았을 거고, 그러면 심하지 않았기 때문에 잘 낫지 않았을까 하는 안타까운 마음을 떨치지 못하고 살아왔습니다.

참, 우스갯말이 있습니다. "경상도는 병을 숨겨서 심하고, 전라도는 병을 드러내서 덜하다"고 합니다. 열일고여덟 살에 논을 갈았습니다. 가난해서 소가 없다 보니 젊은 내가 소 대신 논을 다 갈았지요. 콩이랑 가실이랑 농사지은 것은 전부 지게로 나르면서 시들 퍼들 병에 걸린 거지요. 그렇게 몇 년 동안 농사일을 하다가 또 서울에 가서 식당일도 하고 노가다도 했는데, 여전히 힘이 없고 노곤하고 일하기 싫었습니다.

어느 날인가 영등포역 나무 바닥에서 정신없이 자는데, 누가 깨우면서 따라오라고 하기에 밥을 주는가 싶어 갔습니다. 그런데

밥은 안 주고 좋은 데 있다면서 중구 순화병원으로 데리고 갔습니다. 그곳에서 20일 정도 기다렸습니다. 한센인들이 20여 명 모이자 화물칸에 실어 소록도로 보내더군요. 그렇게 소록도에 가서 3년 동안 병이 심해서 혼자 움직일 수 없는 약자들을 위해 새벽 4시에 일어나 연탄불 피워 밥 짓는 일도 하고, 교도대원도 1년 정도 했습니다. 그때도 코피가 자주 나서 어지러웠지만 별다른 치료도 없이 지냈습니다. 자유도 없이 지내니 참 힘들었습니다.

1년에 한 번씩 소록도 운동회가 있었는데, 사회 사람(면회객)들이 많이 왔습니다. 그날이 5월 17일입니다. 운동회가 끝나고 사회 사람들이 몰려 나갈 때 그들 틈에 숨어서, 한 마디로 치마 속에 숨다시피 해서 소록도를 빠져나왔습니다. 대전 애경원에 가서 돼지와 닭 키우는 것을 도와주며 월급 없이 먹고 자고, 3년 일했습니다. 그러다 이렇게 살면 안 되겠다 싶어 그 마을을 떠났습니다.

시 모임에 와서 이야기도 나누고 농담도 주고받으며 떠들다 보면 시간이 잘 갑니다. 이제 할 일도 없고 무료한데 그렇게 남의 시도 읽고 얽힌 이야기도 듣고 하는 거지요. 무료한 시간 보내려고 시 모임에 참석하는 것도 맞습니다. 이리저리 살다 보니 내 나이도 이제 70줄에 들어섰습니다. 가만 생각해 보니, 세상이 인간을 버리지 않는구나 싶어 몇 자 적었습니다. 앞으로 얼마나 더 살까 싶으니 고향 생각도 간절하고, 그리운 친구 얼굴도 한 번 보고 싶습니다. 무심하게 살아온 내 삶도 애달프고, 친구에게도 미안하지만, 이 모든 것도 다 하느님의 뜻인 것 같습니다.

고향 생각

정이 들은 내 고향 경북 예천군 용궁면 월오리에서
출생한 지 어느덧 벌써 70년이란 세월이 흘러갑니다.
그동안 아무것도 남기지 못한 채 이대로 갈까 하다가
지금이나 나의 고향을 그리면 옛 친구 생각이 간절히 떠올라서
이 수심을 생각하니 그때가 가장 행복한 세월이었군요.
그리고 가장 친한 친구 권영우, 정태수야
지금까지 살아 있는지
무척이나 그리웁고 보고 싶구나.
너와 내가 헤어진 지도 58년이란 세월이 지났구나.
그때 자네가 나에게 말한 것, 잊지 않고 있는지 알 수가 없구나.

―우리 이 세상에 살아갈 때, 먹기 위해 사느냐 살기 위해 먹
느냐?

나에게 질문할 때 나는 아무것도 모른 채

그저 답답하고 앞이 캄캄할 뿐이었어.

이제 와서 생각하니

우리가 오늘날까지 너무나 무심코 살아온 것 같아서 미안하네.

늦었지만 이제 알겠네.

이 모두가 하느님이 주시는, 조물주 하느님이 계시는 덕분이 아니겠는가.

이것이 바로 정답일세.

인생 종착역

이런들 어떠하며 저런들 어떠하리
만경창파에 배를 띄운들 어떠하리
지리산 한 모퉁이에 자리 잡은
지상천국이 있다 하네.
인간은 세상을 버려도
세상은 인간을 버리지 않는다는 것을 새삼 느꼈다오.
막상 와서 생각하니,
방향을 바로 잡은 듯하군요.
앞뜰에 흐르는 경호강 줄기는
이리 부딪치고 저리 부딪쳐도 말없이
종착역을 향하여 우리네 인생처럼
오늘도 그와 같군요.

양추자

「성심원」외

백일홍 나무처럼 붉은 꽃 피우며
백년을 살고 싶네

시는 생각하는 대로 나오는 것입니다. 머릿속에 떠오르는 것은 무엇이든지 시가 됩니다. 우리가 살아온 역사가, 내가 살아온 역사가 시라고 생각합니다. 나는 어릴 때부터 고생을 너무 많이 해서 내 역사를 말로는 다 못합니다. 내 몸이, 내 육체가 나의 역사입니다. 내 몸 속에 내가 살아온 역사가 고스란히 담겨 있기 때문입니다.

세상에 굶어죽으라는 법은 없나 봅니다. 손도 못 쓰고 내 몸은 망가져서 형편없지만, 치아 하나는 튼튼합니다. 내가 좋아하는 박카스 뚜껑을 이로 열어 마실 수 있으니 이것만으로도 나는 행복합니다. 치아마저 못 쓰게 되면 내 사는 것이 참 적막할 것 같네요. 문제는 내가 쓰고 싶을 때 못 쓰고, 내가 시라고 이름 붙이고 짓고 싶을 때 못 짓는 것입니다.

나는 잘 보이지도 않고 연필을 쥘 수도 없습니다. 내 머리를 휘젓고 지나가는 것들을 누군가가 옆에서 받아 적어 주어야 하는데, 그때마다 누군가 내 옆에 있는 게 아니다 보니 아쉽기 짝이 없습니다. 시간이 좀 지나면 기억했던 것들이 뒤죽박죽되거나 아예 생각이 안 나니 그야말로 시를 쓰는 게 참 어렵습니다.

나는 일곱 살에 이 병이 들어 어린 나이에 언니와 함께 소록도에 간 이후 지금까지 고향에 못 가고 있습니다. 내 고향은 거제도 함목입니다. 진달래꽃이 지천으로 피고 해가 지는 시간이 되면 바다가 반짝이는 곳입니다. 아마 내가 어릴 때 놀던 그 산도 그 바다도 그대로 있을 것 같은데, 나만 여기 와서 혼자 살고 있습니다. 영감 떠나니 이제 정말 하늘 아래 나 혼자인 것 같습니다.

그런데 어찌 보면 참 행복하기도 합니다. 이 병 들어 망가진 몸을 꺼리지 않고 씻기고 입히는 우리 직원들이 항상 옆에 있고, 입맛 없어 밥이라도 안 먹는 날이면 온갖 죽을 쑤어 와서 먹으라고 난리이고, 몸이 조금만 처진다 싶으면 쫓아와서 링거 꽂아주며 한밤중에도 달려오는 수녀님들이 있으니 보통 행복이 아닙니다.

나무다리 하고 있어도 좀 젊었을 때에는 어지간한 데는 다 가봤습니다. 성심원 뒤로 돌아 산으로 가면 꼭 주막집 같은 절이 있습니다. 엉겅퀴가 유난히 많습니다. 그 절에는 산에서 내려오는 물줄기가 있는데, 그 물줄기에 나일론 바가지 띄워 놓고 놀고는 했습니다. 물맛이 참 시원하고 좋았지요. 이제는 가볼 수 없어서 그 절이 그대로 있는지 궁금합니다.

지금도 날이 좋으면 휠체어 타고 경호강 주변을 돌아다닙니다. 이제 날이 풀리고 경호강 물이 좀 깊어지면 낚시꾼들이 옵니다. 그들은 고기를 잡고 나는 그들을 구경합니다. 방에 가만히 있으면 무엇합니까? 살아 있는 동안은 움직여야지요.

시를 배워 본 적이 없어서 제대로 된 시라고 하기에는 부끄럽지요. 그래도 성심원이 얼마나 좋은 곳인지 말해 주고 싶어서 시를 썼습니다. 아니 불러 주었습니다. 밖에서는 어찌 보는지 모르겠지만, 여기는 참 좋은 곳입니다. 자유로운 곳이지요. 봄이 오면 꽃천지입니다. 누구든지 지나가는 사람 들어와서 꽃구경해도 말하는 사람 없는 곳입니다. 성심원에 들어오는 다리는 우리가 오며 가며 만나는 다리라고 '오작교(烏鵲橋)'라 부르는데 그 아래에 흐르는 경호강 물은 아무리 가물어도 마르지 않습니다.

성심원 2층 집중실에는 거동을 못하는 사람들이 있습니다. 직원들이 밤낮으로 씻겨주고 기저귀 갈아주어 뽀송뽀송하게 지내는데, 평소에는 모두 잠든 듯이 고요하지만 신부님이 누워 있는 사람들의 얼굴을 만져주면 신부님인 줄 알고 "신부님, 오시오?" 하는 한 마디에 모두가 살아납니다. 나는 백 살까지 살고 싶습니다. 이곳에서 옛날의 참혹했던 기억 다 씻고, 섣달 열흘 피는 백일홍처럼 그렇게 붉은 꽃 피우면서 살고 싶습니다. 내 시에 그런 나의 마음을 담았습니다.

성심원

성심원
구름이 두둥실
멀리 멀리 퍼지네

한 송이 사랑의 꽃을 피우기 위해
떠도는 소문처럼
바람이 두리둥실
온 세계에 퍼지니

너는 아느냐
성심원이
나그네 천국
장애인 동산이라는 걸

옹기종기 모여 앉아

지리산 산골짜기

둘레길 아래 앉아 있네.

한 송이 사랑의 꽃을 피우기 위해

성심원, 복받은 곳

2층 집중실(I.C.U)과 회복실이라 하면 곧 돌아가실 분들과 말 그대로 건강을 되찾으면 오기 전에 있던 방으로 다시 가실 분들이 함께 있다. 그곳에는 환자들만 있지만 막상 가보면 평화롭고 생기가 넘치고 행복이 묻어나온다. 모두 잠든 듯이 고요하게 있다가도 얼굴을 살살 어루만지는 유 신부님 손길에 "신부님, 오시었소?"라고 한 사람이 말하면 모두가 얼굴을 들고 몸을 뒤척이며 신부님을 바라본다. 곧 돌아가실 분들처럼 보이지만 이렇게 오래오래 살고 있으니 복받은 곳이다.

성심원 2층 입구에 백일홍 나무가 있다. 그 나무에는 붉은 꽃, 흰 꽃, 보랏빛 꽃이 어울려 피어 있다. 섣달 열흘을 피는 그 꽃처럼 아흔이 넘은 분도 살아간다. 밥 못 먹으면 죽 떠 넣고, 죽 못 먹으면 미음 떠 넣고, 미음도 못 먹으면 수녀님과 수사님들이 병원으로 데려가서 회복시켜 오니 죽을 틈이 없다. 죽을래야 죽을 수가 없고 죽을 날이 없으니 우리도 섣달 열흘을 어울려 살아야 할까 싶다.

산 좋고 물 좋은 성심원 경치지만 밖에서 보는 그 어떤 경치보다 아름답고, 안에서 피어나는 사랑과 보살핌의 꽃이 그 어떤 꽃보다 아름다울 것이리라. 그뿐이랴! 건물 주위마다 돌담 사이마다 온갖 꽃들이 오래오래 피어 있고, 누구든지 오작교 건너 와서 꽃구경하고 쉬었다 가도 되는 곳이다. 날이 풀리면 성심원 앞에 흐르는 경호강가 느티나무 아래에 자가용 세우고 물에 들어가 어떤 이는 고기를 낚고 어떤 이는 재미를 낚는다.

요양 시설이라면 많은 자유가 제한된다고 하는데 성심원은 온갖 자유를 다 누린다. 나들이에도 제한은 더더욱 없다. 장날은 말할 것도 없지만 장거리 여행을 할 때는 성심원에서 차도 태워준다. 얼마나 복받은 삶이냐? 더운 여름날이 오면 느티나무 아래에 앉아 오리배 타고 경호강 따라 내려오는 아이들과 시간을 보낸다. 노 젓는 소리가 오리 소리 같아서 내가 휠체어에 앉아 "오리배 잘 간다, 꽥꽥" 하면 아이들도 "꽥꽥" 소리 지르고, 그렇게 놀다 보면 시간도 물길 따라 흘러간다.

성탄을 맞이하며

성탄

이때쯤이면 마음이 설레고 추억에 잠긴다.

아기 예수로 오신 그분은

나같이 가난하고 병든 자 소외된 자를

위해 낮은 곳으로 오셨나 보다.

"탄일종이 땡땡땡 은은하게 들린다. 저 깊고 깊은 산골 오막살이에도 은은하게 들린다"라는 노래도 떠오른다.

60여 년이 지났어도

성탄이 돌아오면 어릴 때 추억 속으로

나를 데려다 준다.

비록

남 보기엔 고달파 보이고 부족하게 보이겠지만

예수님 계시기에

나는 늘

행복으로 달려간다.

하인식

「화로」외

아버지, 그립고 보고 싶습니다

1951년 5월 14일(음 3월 14일) 울릉도에서 세상 구경.

1964년 2월   중학교 졸업.

1974년 7월   방위 제대.

1976월 10월   울산 방어진 저인망선 탐.

1984년 9월   부산대학교병원에서 한센병 확진.

1989년 10월   산청 성심원 입소.

나의 이력서입니다. 써 놓고 보니 참으로 간단합니다. 저 몇 줄의 이력서를 쓰는 데에 64년이 걸렸군요. 저 몇 자의 글로 64년 동안 살아온 길을 적을 수도 없고 표현할 수도 없습니다. 부모님 살아 계실 때는 차마 생각도 못했지만, 돌아가시고 난 후에는 막다른 생각도 하고, 그 생각을 행동으로 옮긴 적도 있었지만 다 불

발로 끝났습니다. 그것도 아마 운명이라고 생각합니다. 나 외에도 이 병에 걸렸던 분들이라면 몇 번을 시도하지 않았을까 짐작해 봅니다.

시 모임, 정말 하고 싶었던 공부였습니다. 잘 만났다 싶습니다. 시에 대해서 여러 가지 방법으로 해석도 하고 격려도 받고, 사실은 그렇지 않은 줄 알지만 나의 시가 점점 좋아진다는 말들을 들을 때마다 용기가 생깁니다. "생각대로 쓰라. 아무것이나 쓰는 습관을 가져라." 시 모임에서 들은 말들이고 내가 시 쓰기를 배운 방법입니다.

처음에는 참 어려웠습니다. 생각대로 쓰는 게 그리 쉬운 일은 아닙니다. 하지만 자꾸 스스로 주문을 하니까 쉽지는 않았지만 마음의 편안함이 느껴졌습니다. 할 수 있다는 자신감도 생겼습니다. 여하튼 내가 시를 쓰는 것에 대해 한마디로 표현해 낼 방법이 없습니다. 함께 공부한 분들에게 정말 감사드립니다. 아울러 성심원 복지사님들께도 이 기회를 살려 지면으로나마 감사의 말을 드립니다.

하느님께서 세상을 만드시고 인간을 만드셨지만, 이 세상의 길은 우리 인간들이 만듭니다. 햇살 따뜻한 날이면 성심원 마당의 큰 은행나무 아래에서 장기를 두던 모습이 생각납니다. 정자에 앉아 놀기도 합니다. 그렇게 살아가는 모습이 다 길이라고 생각합니다. 겨울에는 사람들이 집에만 있고 다니지 않습니다. 그러다 따뜻한 봄이 오면 사람들이 다니는 소리가 들리고, 여름이면 태풍이 다녀가기도 합니다. 이렇게 길이 만들어집니다.

두서없이 써보던 글씨가 시라는 글로 변신하여 책에 실린답니다. 이게 웬일이랍니까. 많이 부끄럽고 미안합니다. 하지만 내 시가 누구에게는 위안이 되고 또 누구에게는 나도 할 수 있다는 용기를 주었으면 하는 마음으로 시를 세상에 내보냅니다. 나도 이제 자신 있게, 떳떳하게 내가 사는 곳이 성심원이라고 말하렵니다.

서른네 살, 세상에 못할 게 없을 것 같던 그때 세상이 한 번 무너졌습니다. 그날 이후로 나는 친구들에게 내가 사는 곳이 어디인지 말하지 않았습니다. 하지만 이제 시를 세상 밖으로 내보면서 나도 같이 나가볼까 합니다. 부모님도 안 계시고 가족도 없고 이 세상에 나 홀로 있지만, 이제는 당당하게 나가겠습니다.

하얀 눈은 세상의 색깔을 흰색으로 바꾸어 버립니다. 하얀 눈 위에 발자국을 찍는 마음으로 나의 길을 만들어 나갈 생각입니다. 내 고향 울릉도가 생각날 때마다 시를 쓰겠습니다. '어른들께 취한 모습, 담배 피우는 모습 보이지 마라' 다정하게 일러주시던 아버지가 참 그립습니다. 보고 싶습니다.

화로

이맘때쯤이면
방 복판은 화로가 차지한다.
장작 땐 아궁이에서
시뻘건 불을 담아
방 복판에 정중히 모신다.
양철 필통엔 강냉이가 볶이고
사그라든 잿불 속엔 감자, 고구마가 익어간다.
할아버지의 구수한 입담에선
홍길동, 신유복, 유충렬, 옥향, 춘향, 박씨 부인, 의로운 도적, 살
신성인, 권선징악, 어려운 시절, 살기 위한 몸부림, 사람이 살아가
는 도리 등등이 한없이 쏟아진다.
할아버지, 부모님 보고 싶고 또 그립지만
놋쇠 화로의 추억이 그리운 이맘때다.

오늘이 중요한 것은

어제를 거울삼아
오늘을 가노라면
내일이라는 그곳은
화려할까
찬란할까
고난이 기다릴까
어제를 탓하지 말고
오늘에 충실하면
내일에의 걱정은
접어둬도 되겠지.

늦가을에

푸르르던 나뭇잎들이

노랑 빨랑 갈색으로 변해 가면

그 시절

화려한 꽃들은 저마다의 열매를 내어준다

까치밥 두서너 개

그 사이로 바람이 지나가면

단풍이 낙엽 되어

하느적하느적 나비춤을 춘다

삭풍이 몰아치는 그날이 오면

헐벗은 나뭇가지들은

기—인

휘파람만 불겠지

널 보내며
──친구 태순을 생각하며

헤어지기엔 너무 이른 시간

보내기엔 너무도 빠른 시간

가야 한다면, 빠르고 늦고를 탓할 것도 아니지만

그것이 네가 갈 길이라면 받아들여야겠지.

가는 곳이 아무리 좋다 한들

많은 이들이 눈물로 너를 보낼 수밖에 없는데도……

보낼 수밖에

내일이면 나도, 또 다른 너도

가야만 하는 길이기에

이젠 울지 않으마.

아버지를 그리며

술을 먹기 시작한 건 1967년 추석부터다. 담배도 그때부터 피웠다. 계산해 보니 42년 4개월이나 된다. 참 오랫동안 많이도 마셨다. 1967년 초겨울이 생각난다. 친구들과 놀고 있는데 아버지께서 식당으로 나와 친구들을 부르셨다. 들어가 보니 시뻘건 화덕에 쇠고기가 지글지글 익고 있었고 술상이 차려져 있었다. 놀란 우리들은 어쩔 줄 몰랐지만 속으로 다들 기뻤다. 언감생심 쇠고기라니.

나와 친구들이 모두 자리에 앉자 아버지는 우리들에게 술잔에 술을 부어주시며, "마음껏 마셔라. 고기도 많이 먹고" 하시며, "술, 담배 먹는 줄 안다. 어른들께 취한 모습, 담배 피우는 모습 절대 보이지 마라. 그러나 오늘은 맘껏 먹고 마셔라" 하시고 고기도 직접 구워 주시고는 "자러 간다. 너희들끼리 맛있게 먹어라" 하시며 방을 나가셨다.

이 일은 친구들 사이에선 전설처럼 이야기된다.

그 전에도 그 이후에도 아버지들께 한 번도 그런 일을 얻은

호사가 없었기에……

"보고 싶다. 그 이름, 아버지."

울릉도

앞에는 경호강이 흐르고
뒤로는 웅석봉이 험하게 솟아 있고
웅장한 지리산 더 넓은 품안에
터를 잡은 우리 마을
다툼이 있고 시기, 질투도 있지만
더 큰 사랑이 살아 있는 곳. 더없이 살기 좋은 이곳이건만
문득 떠오르는 아련한 그곳
이맘때쯤 동백꽃이 흐드러지게 피고
아지랑이와 함께 피어나는 그윽한 산나물 향이
갈매기 날개로 건반을 두드리면
철썩 처얼썩 바다가 노래하고
온 세상이 하얀 눈빛으로 수놓아지는 내가 나고 자란
그리운 그 이름.
울릉도라네.

첫눈

새벽에 창문을 여니
흰 가루들이 대지를 온통 다
덮어버렸다.
가루를 밟으면서 마을길을 걷는다.
뽀드득 뽀드득
맑은 소리가 귓가를 맴돌면
두 줄로 발자국이 뒤따른다.
다른 이름의 나무들 각기 다른 철에
각기 다른 꽃을 피우지만
첫눈이 오면 그 나무들은
다 같이 흰 꽃만 피우는구나.

태풍

후두둑
비가 내린다
나뭇잎들이 서로 때리는 소리가 들린다
전깃줄이 괴성을 지르기 시작한다
이젠 나뭇가지들이
서로 떨어지려고 몸부림친다
빗소리가 요란하다
내일 경호강은 얼마나 높아졌을까

봄소식

매몰찬 찬바람도
따사로운 햇볕에 쫓기듯 사라지고
두툼한 옷들은 장롱 깊숙이 숨어들고
가볍고 화사한 옷들은 저마다를 자랑한다.
길가엔 푸른색이 힘 겨루고
조용하던 마을길엔
도란도란 이야기가 지나간다.

허찬

「꾼」외

새로운 삶을 그리며

시를 쓰면 무료함이 없어지고 목적이 생기니 시간이 지겹다는 생각이 사라집니다. 아침에 일어나서 다리의 힘을 기르기 위해 러닝 머신에서 30분 정도 운동하고, 직원이 와서 방 청소를 해주실 때에는 밖에 나가서 동료들과 이야기도 하고 책을 읽기도 합니다. 책을 읽다가 좋은 글귀가 있으면 입력해 놓았다가 시를 쓸 때 들추어 보면 제가 원하는 단어가 생각나기도 합니다. 모방은 아니지만 원하는 단어가 생각날 때는 정말 기분이 좋습니다.

나는 몸이 불편해서 손이 느리니까 생각날 때마다 컴퓨터에 저장해 놓습니다. 그런데 컴퓨터가 예고 없이 꺼질 때가 있어요. 그때 겨우 써 놓은 글귀가 사라질까 봐 얼마 전에 USB를 사서 저장해 놓았습니다. 내가 쓴 시를 보면 한 번도 만족한 적이 없습니다. 만족하지 못해서 고쳤다가 오히려 망친 시도 많이 있습니다. 참 아쉬운 기억들입니다.

낮잠을 일부러 두 시간 정도 잡니다. 조용한 밤에 좋은 생각이 나지 않을까 하는 기대감을 언제나 가지고 있습니다. 밤이 되고, 가만히 창밖의 어둠을 보고 있으면 지나간 일들이 조용히 생각납니다. 지난 일이지만 참 무모했습니다. 순간의 감정을 참지 못하고 많은 사람들에게 슬픔을 안겨주고, 나는 이렇게 성심인애원에 홀로 와서 살고 있습니다. 내가 두 발로 땅을 딛고 혼자 걷기를 빌고 또 빌던 어머니를 생각하면 목이 메입니다.

생사의 갈림길에서 겨우 벗어났을 때 그녀가 나를 찾아왔습니다. 병원 침대에 누워 그녀에게 다시는 오지 말라고, 이제는 그대 갈 길을 가라고 마음에도 없는 말로 모질게 대했습니다. 전화번호까지 바꾸라고 했지요. 이곳에 와서 첫 추석을 지낼 무렵입니다. 휠체어에 앉아 창밖을 바라보니, 수녀원 옆 도로 건너에 서 있는 은행나무가 보였습니다. 불현듯 그녀가 그리워지면서 한번쯤 나를 찾아와 주면 좋겠다는 생각으로 「수취인 없는 가을편지」를 썼습니다.

나의 첫 시작품입니다. 추석 지났으니 한번 와 줬으면 하는 마음을 그만 들켜버린 시이기도 합니다. 내 마음을 그냥 썼는데 이때부터 사람들이 나를 시인이라고 불렀습니다. 시인으로 불러주니 그 다음부터는 시를 써야겠지요. 그렇게 시는 이제 내가 살아가는 이유가 되었습니다. 내 방 창문 앞에는 큰 매화나무가 있습니다.

새벽에 성당에서 종소리 울리면 그때쯤 여명이 밝아옵니다.

일어나서 창가에 앉아 있으면 새들이 찾아와서 지저귀고, 싸늘한 새벽 공기 속에서 흔들리는 꽃이 보입니다. 그 꽃이 매화입니다. 매화나무에 꽃망울이 통실해질 때면 매화나무 아래에서는 성심원의 장 담그는 소리가 봄의 향기와 함께 들려옵니다. 창문 앞에서 그 모습을 보고 있으면 참 행복합니다. 성심원과 인애원의 가족들이 일 년 동안 먹을 장에 매화 향기가 스며드는 모습은 참 아름답습니다.

젊고 건강할 때 낚시를 좋아했습니다. 시 「꾼」은 그때의 추억을 되살려 썼습니다. 재미있게 표현하고 싶었지만 막상 써 놓은 글을 보니 부끄럽고 창피하고 뭔가 아닌 것 같은데, 시 모임에서 읽고 모두가 재미있는 시라고 좋아해 주셔서 시집에 실어봅니다. 시는 고상하고 품위 있는 단어를 써야 한다고 생각했는데, 솔직한 내용이라서 더 좋다고 하더군요. 하고 싶지만 말로는 일일이 표현할 수 없는 생각들을 시로 나타냈는데, 시집으로 나온다니 설레기도 하고 부끄럽기도 합니다.

그래도 휠체어에 앉아서 한 글자 한 글자 겨우겨우 타자를 치면서 쓴 시를 누군가가 읽고 삶의 희망을 찾을 수 있기를 바랍니다. 나 같은 사람도 시를 쓰면서 행복하고 희망을 가지게 되었으니까요.

꾼

외눈박이 등대는
야간작업에 피곤한지
눈을 떴다 감았다 졸고 있고
머리가 하얗게 센 파도는
선착장을 때려 가로등 위에 잠든
갈매기를 흔들어 깨울 때
꾼은 훈련받은 특전용사처럼
바다를 훌쩍 넘어
배에 튕기듯이 오른다.
배가 서서히 선착장을
빠져 나가면
어떤 꾼은 잠을 청하고
어떤 꾼은
무용담 반 허풍 반이 시작된다.

'와! 저번에 거기 갔을 때 원줄 5호가
힘도 써 보도 못하고
마! 한방에 나가삔다 아니가.'
'야! 너 거 마누라는 그냥 보내 주더나?'
'무슨 소리 하노 이틀치 한 몫에
안아 주었더만
다리에 힘이 없다 아니가
큰놈 물면 딸리 가삘까 걱정이다.'
너스레를 떨고 웃는 동안
선장 목소리가 염분에 찌든 스피커를
통해 포인트 도착을 알리면
칠흑 같은 바다는 요동치기 시작한다.

서치라이트가 갯바위를 비추면
꾼들도 눈에 불을 켠다.

선장은 여기 수심은 몇 미터고
수중 여는 어디에 있으며
어쩌고저쩌고……
말이 끝나기 전에 꾼은
벌써 갯바위에 서 있다.
다른 포인트도 그런 식이다.
꾼들은 이틀 동안
고기를 품은 바다와 싸우며
사살, 생포해서 돌아오리라.

다음날 철수하는 배에 포인트별로
한 명 또는 한 팀씩 배에 오른다.
배 안은 어제 새벽과 달리
무거운 침묵이 흐르는데
누가 중얼거린다.

'인자 죽어도 낚시 안 온다

내가 두 번 다시 낚시 오면

복지 새끼 아들이다.'

그 다음 주 낚싯배 안이 시끌벅적하다

'와! 원줄 5호를 썼는데 힘도 써 보도 못하고 마! 한방에 나가 삐는기라.'

'야! 너 거 마누라 그냥 보내 주더나?'

'무슨 소리 하노 어젯밤 거시기를……'

불두화

벚꽃 비, 바람에
낮은 곳으로 내려앉던 날
진한 향기와
아름다운 자태 버리고
짧은 만남을 안타까워했다.

떠나보내는 마음은
아쉬움을 동행하고
자비의 마음 되어
떨어졌던 꽃잎 모아
환생시켜
여러 송이로 피워 내니

하얀 꽃잎 서로 마주보며
몸을 기대고 의지해

사랑이 깃드는 꽃

달 밝은 날

둥근 원이 되어 춤추는 꽃

부처님 좋아하는 꽃이라네.

수취인 없는 가을편지

아침저녁으로
불어오는 바람이
어깨를 움찔하게 하고
수녀원 옆 도로 건너
아름드리 은행나무
은행을 주렁주렁 달고
잎은 샛노란
염색 준비에 즐겁다.

파란 하늘은
더 높을 수 없고
강바람에 사각사각
마른 풀 부딪치는
자연의 노래는 시계를
새벽 1시로 이끌고

희미하게 비추는 책상의
불빛은 추억을 이끈다.

지난날 우리들
사랑의 이야기가 묻어 있는
남해 상주 고갯마루
코스모스 만발한
섶길에서 했던 약속이
내 가슴에 아직도
빛바랜 필름처럼
남아 있어!

잊지는 않았는지?
내가 영원하자 말하며
코스모스 꽃잎 넷을

떼어내고
남은 넷을
당신이 사랑해요, 라며
떼어내었던 것
기억하고 있는지?

사랑의 약속 한 다발 꺾어
성심교 걸어오며
다정한 목소리로
내 이름 불러주면 좋으련만……
눈시울에 맺힌 이슬은
다리로 향하고
마음 한켠에 남아 있는
미련과 그리움이
상처받은 가슴을 때린다.

기다림이 사랑이라면
포기해 주는 미련은
더 깊고
숭고한 사랑이라고
쓴웃음 짓고
지난날
사랑의 추억과 미련까지
바람에 날려버린다.

혼자 가는 길

혼자 가는 길이
너무 쓸쓸하다며
바람과 구름
풀내음도 벗 되어 주고
내 그림자
데리고 가라 합니다.

비록 내 곁에 아무도
없다 할지라도
자연과 벗 되고
밤이면
암흑의 골짜기에서
풀벌레 울음소리까지
벗 되어주니 행복이지요

이 세상 그 어떤 삶도
고달프지 않은 삶이 없고
외롭지 않은 삶이 없지만
혼자 가는 길이
외롭지 않은 까닭은 또다시
떠오를 희망의 태양이
있기 때문입니다.

개나리

여명이 어둠을 닦고
눈부신 햇살이
아침을 가릴 무렵
온갖 새들의
지저귐을 따라
지리산 둘레길을 가는데
어젯밤 하늘에서
노란 별이 내려와
나무마다 걸쳐져 있네
비바람에 매화꽃이
눈발 흩날리듯 날리고
지지 않는 꽃이 없고,
지지 않는 삶이
없지만
봄은!

비바람에 지지 않는

별을 달아

낮에도 노랗게 빛나는

꽃으로 만들었네

결혼

만남으로 맺은 인연
타래로 풀고 고쳐 풀어서
내 마음에 닿은 인연의 끈으로
사랑의 연줄 만들어
나는 연 그대는
얼레가 되었습니다

그대가 얼레를 풀면
무희가 되어 사랑의
춤을 추며 즐겁게 해주고
얼레를 감으면 당신에게
살며시 안기어 우리의 사랑
확인하렵니다

그대는 인연의 줄이 끊어져

날아가지 않는
사랑의 막을 치고 비바람의
역경과 힘들고 버거운 일에도
사랑의 버팀돌이 되어
나를 지켜 주세요

우리들에게 어떤 시련이 닥쳐와도
인내와 양보, 사랑으로 이겨내면서
행복하게 살고 싶어요
나에게 행복함을 알게 해준
당신에게 감사한다고 사랑한다고
품속에 안겨 속삭이고 싶습니다

세례 받는 날

하늘에 영광의 빛이
온 누리에 비추고
성당 종소리 들릴 때
가로수마다
태극기 휘날리네.

밤 새워 울던 풀벌레는
동녘에 핏빛
태양이 떠오르면
환희의 노래로 바꾸어 부른다
피로서 되찾은 이날……

자비와 은총이, 사랑과 진실이,
가득하신 우리 아버지이신
하느님 축복 속에

삼위일체를 믿는

백성으로 초대되어

응답하는 자 되었으니

경사가 겹쳐 잔치가 흥겹구나.

우리의 구원을 위해

십자가에 못 박히신

예수님 백성이 된 이날……

갈대를 보며

바람에 떨어지는
나뭇잎에 계절이 익어가고
식당 한 켠
차 한잔 마주하고
회상의 여울로 흘러가 봅니다.

순천만 갈대에 묻혀
사랑에 빠져 있을 때
홍싯빛 노을 드리워지면
우리 사랑 더욱
뜨겁게 불타올랐습니다.

오늘도 그날처럼
노을은 갈대를
불태우는데

일렁이는 물결에
붉게 아롱거리는 갈대

흔들리는 듯 아닌 듯
내 아린 연정의 바람만
강물을 흔들고
갈대의 넋두리 끝없이
강물로 흘러갑니다.

수선화

너 그리다
목이 굳어……
하얀 손수건 싸서
얼굴 가리고
길 모퉁이에 서서
그리움에 눈시울 붉히는데
밤사이 달이
내 어두운 상처 비춰
낫게 해주고
나를 황금빛 종으로 만들었네

여기 한 묶음의 시가 있습니다. 작고 소박한 이 시들은 2014년 2월부터 틈틈이 모여 시를 읽고 이야기 나누며 떠오르는 생각들을 종이에 옮긴 글들입니다. 한 편 한 편 모인 시가 어느새 한 묶음의 시가 되었고, 우리 모두는 부끄러워하며 조심스럽게 세상 밖으로 이 시들을 내보냅니다.

한 편 한 편의 시에는 그래도 세상은 살아갈 만하더라고, 세상은 사람을 버리지 않더라고 씨익 웃으며 말하는 그분들의 작은 목소리가 담겨 있습니다. 말로는 다 할 수 없는 가파른 삶을 살아오신 그분들의 역사가 스며 있습니다. 여기 실리는 시는 세상 사람들이 따가운 시선을 보낼 때에도 그리운 이들과 따뜻했던 기억을 품고 모진 세월을 살아오신 그분들의 삶이기도 합니다.

그분들과 함께 한 지난 시간들은 참 행복했습니다. 그 행복했

던 마음을 저도 한 편의 시에 담아 화답합니다. 당신들의 행복을
나누어주셔서 감사드립니다.

2015년 봄

성심원에 내리는 꽃비를 맞으며

김성리 드림

드리는 시

어둠이 깊어지면 그들의 새벽이 열린다
작은 꽃 한 송이에 스미는 바람처럼
아스라한 가지 끝에 숨어 있는 연둣빛처럼,

그렇게 새벽은 열린다,

흐르던 구름도 멈추는 곳
강물도 소리 죽여 맴도는 곳
그들이 사는 곳,

시간은 시간의 꼬리를 물었다,

미움도 증오도 원망도 슬픔도
똬리 튼 시간 속에 묻어두고,

어둠을 잠재우고 새벽을 연다
희망을 연다
솟아오른다, 그들의 노래

장단 없어도 우린 광대처럼 춤을 추었다

1판 1쇄 발행 | 2015년 4월 25일
1판 3쇄 발행 | 2016년 7월 10일

지은이 | 김성덕, 노충진, 박두리, 박태순, 안병채, 안준식, 양추자, 하인식, 허찬
엮은이 | 김성리
펴낸이 | 조영남
펴낸곳 | 알렙

출판등록 | 2009년 11월 19일 제313-2010-132호
주소 | 서울시 마포구 합정동 373-4 성지빌딩 615호
전자우편 | alephbook@naver.com
전화 | 02-325-2015
팩스 | 02-325-2016

ISBN 978-89-97779-49-9 03810

이 도서의 국립중앙도서관 출판예정도서목록(CIP)은 서지정보유통지원시스템
홈페이지(http://seoji.nl.go.kr)와 국가자료공동목록시스템(http://www.nl.go.kr/
kolisnet)에서 이용하실 수 있습니다.(CIP제어번호: CIP2015011078)